邹进诗集

墜落在四月的黄昏

The dusk who falling in the april

邹进◎著

光明日报出版社

图书在版编目（CIP）数据

坠落在四月的黄昏 / 邹进著 . —北京：光明日报
出版社，2012.12
ISBN 978-7-5112-3451-3

Ⅰ．①坠… Ⅱ．①邹… Ⅲ．①诗集－中国－当代
Ⅳ．① I227

中国版本图书馆 CIP 数据核字（2012）第 258835 号

坠落在四月的黄昏

著　　者：邹　进著	
出版人：朱　庆	终审人：孙献涛
责任编辑：高　迟 毛文丽	责任校对：傅泉泽
封面设计：Fuke 装帧设计	责任印制：曹　净

出版发行：光明日报出版社

地　　址：北京市东城区珠市口东大街 5 号，100062

电　　话：010-67017249（咨询），67078870（发行），67078235（邮购）

传　　真：010-67078227，67078255

网　　址：http://book.gmw.cn

E - m a i l：gmcbs@gmw.cn　maowenli@gmw.cn

法律顾问：北京市洪范广住律师事务所徐波律师

印　　刷：三河市灵山装订厂

装　　订：三河市灵山装订厂

本书如有破损、缺页、装订错误，请与本社联系调换

开　　本：889×1194 1/32	
字　　数：36 千字	印　张：6.75
版　　次：2013 年 1 月第 1 版	印　次：2013 年 1 月第 1 次印刷
书　　号：ISBN 978-7-5112-3451-3	
定　　价：28.00 元	

邹 进

　　诗人，经商。吉林大学
中文系七七级。《赤子心》
诗社社员。人天书店创始人。
曾就职《中国》文学月刊、《人
民文学》杂志诗歌编辑，《金
三角》经济评论杂志执行主
编兼撰稿人。出版过两本诗
集，一本是《为美丽的风景
而忧伤》，另一本是《它的
翅膀硕大无形，一边是白昼，
一边是黑夜》。与霍用灵合
编《情绪与感觉——新生代
诗选》。

前 言
Preface

前面两本诗集，第一本我请大学诗社的其他六位社员为我写序，第二本又请《中国》文学月刊的六位同仁写序。每一本诗集出版的时候，我都感觉是一次故友的聚会。这回又想故伎重演，但不知道该找谁来写。毕竟现在读诗的还没有写诗的多，让人写序还要麻烦人把诗看一遍。结果书号下来了，就等着出版，但没有序，感觉有点光秃。

今天走在路上，灵机一动，我们不是有班博吗？我的诗写出来第一时间就发表在上面，也引来不少评语。确实要感谢我们的班博，对我这本诗集的创作和出版，可谓功不可没。如果把这些评论整理出来，不就是一篇很好的序吗。这样汇总起来再一看，果然不错。虽然只言片语，也不乏调侃，但我们毕竟学的是文学批评，几句话也都在点子上，反正我知道他们想说什么。这样也省得我自己狗尾续貂了。

评语中凡是署名的，我认识的都用了真名，恕不一一征求各位同意了。署名方式各有不同，格式上都统一了一下。匿名的都按原样用了其落款，还有些未落款的，用了评语。木瓜我知道是刘晶，但我觉得这称谓挺好，就保留了没改过来。评语也没有全收录，只收了有批评内容的，像"好诗"、"拜读"、"感动"如此这般，就不记录了。

好了，下面进入正题，读我的诗吧，"你们要读邹进的诗，他的诗是纯粹的诗……"。

网络评语

《乔布斯死了》

● 乔布斯捡起了

牛顿的苹果

他记住了一个简单的道理

叫万有引力

于是他把他的苹果

变成了地球

地球上所有的人

都掉在了苹果上

好诗句！我手里也有一个被乔布斯咬了一口的苹果。

——YG

●苹果前首席执行官乔布斯去世。这是一个不用悼念的人。他已经永远融入了我们的生活，我们不得不永远记住他。盖茨和乔布斯是这个时代真正的伟人，以他们为首的 IT 业者，创造了历史。IT 业以最小的自然资源消耗，带来了最大的经济繁荣。但他们的贡献绝不仅仅是技术和经济的。世界政治史，也因他们而改变。

——宫家私藏

●劲健有力的诗句！令人震撼。

——孙丽华

《记住，你总会死去》

●
> 一黑衫，一仔裤
> 瘦削清减，至极至美！
> 只要将目光转向他
> 就能获得一切

这首比上首好。最后一句，嗯，世间无上帝，最后还是靠自己。尼采说："我们应当**认识**到，存在的一切必然准备着异常痛苦的衰亡，我们被迫正视个体生存的恐怖——但是终究用不着吓瘫，一种形而上的慰藉使我们暂时逃脱世态变迁的纷扰。我们在短促的瞬间真的成为原始生灵本身，感觉到它的不可遏制的生存欲望和生存快乐，纵使有恐惧和怜悯之情，我们仍是幸运的生者，不是作为个体，而是众生一体，我们与它的生殖欢乐紧密相连。"邹进的诗让我不由自主地想起了尼采在《悲剧的诞生》中说的这段话。

——杨冬

●向死而生。好诗！

——金亭

●能做到"记住，你总会死去，但并非每天都是末日"，这还只是一种态度，难的是要明白一种活法。如今我们实在是走得太快也太远，甚至忘记了出发时的原因。所以，要慢下来，不时回头看看，别丢了什么好东西。

——老温

《卡扎菲》

●骇人的真实引发诗人哲思，丰富了我们的感受。

——sun

●不把权力关进笼子，人民迟早会将权力者关进笼子；卡扎菲的死为其独裁付出了最终的代价，也是为后来的独裁者亮出的警示灯（stop）！

——老范

●居然邹总也写卡扎菲，偶前二日也有点感慨：卡扎菲执政四十多年，几乎占据了我们生命大半，好像知道阿拉伯世界就知道卡扎菲，这是一个神似的名字，好像永远不会消失，就像卡斯托罗，这种永远凝固的感觉仿佛让生命也变得缓慢起来。但终于变了，都说反对派比之卡也强不到哪儿去，但是变了。

——王宛平

●诗人邹进早已走出风花雪月、儿女情长的套路，近年来的诗作既写非洲草原的交响诗，也写乔布斯对生命意义的诠释，更有对卡扎菲之死所作的大思考。我前些日子读萨义德的《东方学》《文化与帝国主义》等著作，即"后殖民主义"理论。但北非、中东局势的变化，不仅改变了二战后的世界格局，也质疑了这些理论问题。

——杨冬

《互》

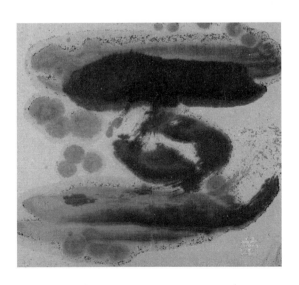

●替邹进的诗补了一幅画出来的字。

——霍用灵

●风中有朵水做的云，天地之间还有我们。

——金亭

●可否考虑我们班下一本书的封底就用这样的"互"字作为标识，起码是个选项。

——金亭

●诗好画也好！用灵画的互字很有意蕴，很有层次感和中国画的味道。

——金亭

●信笔涂鸦耳，金亭兄高看了。

——霍用灵

●上下两横是天地，都伸出一片舌头，接吻的样子，构成了互这个字。时间之畔，我不确定具体指什么。不过时间可以象征很多东西，比如说一瞬间；或者根据他之前在海边捡石头的那首诗，表达虚空艺术，时间不多怎的；或者是哲学上，有人说如果世上的一切元素都是有限的，那么能组合出来的东西也是有限的，那么我们现在所做的一切，在以后也会被重复，所以我们此刻即永恒。在黑暗下，应该是两个人，在散步，被拉往了某个地方。蝴蝶兰那个不知道是不是只是写景……我感觉就是在一片蝴蝶兰中，顺着那弯弯的花茎回头看，有一种错觉抑或是幻觉被打破了；自己觉得很漫长的时间里，其实并没有发生什么，只是大家都会走的一条路而已。互字里包容的我们，也只是平凡的人。

——eva

●有的时候真的不知道在读什么，那只好按自己的喜好来理解了。所以我如果读了十首读不懂的诗，那我其实就是回顾了十遍我的世界观人生观等等。我觉得这诗还挺伤感的，好像觉得自己老了但是也没做什么的感觉，不过是像其他人一样过了一辈子，未必后悔，也未必不后悔。

——eva

《蝴蝶兰》

●好诗句：第一百次相爱也是初恋。难有的感受就越加渴望。

——老温

●　　　第一百次相爱也如同初恋
　　　　吸干了疼痛枯萎的伤口如花蕊是你蝴蝶兰
　　　　没有知音郁郁寡欢向隅而泣
　　　　摇摇欲坠轻拢慢捻的是你蝴蝶兰

好！

——金亭

●　　　没有知音郁郁寡欢向隅而泣
　　　　摇摇欲坠轻拢慢捻的是你蝴蝶兰
　　　　燕燕于飞差池其羽悲鸣低回
　　　　忧伤的路上啊是你蝴蝶兰洒满了花瓣

——徐敬亚

《永定河》

● 只要我在
就有东西从身边不停地流走

——徐敬亚

● 永定河
早已不是河
永定河的水早已流尽

反复回味了这几句。

——学全

《铁笼中的舌头》

● 宁可带着血
也要飞出去
让那个铁笼空空荡荡
那里的铁刺被口水腐蚀！

——金亭

●估计是邹兄正在校正牙齿，嘴里上了钢套吧。我应该说得没错。

——tongxue

●感觉是不受拘束、追求自由的主题，看着痛快无比。

——学全

《一百年后，读我的诗的那个人，你是谁啊》

●   翻开我如同翻开一个时代

         因为我你对它充满好感

         你院子里的爬满的紫藤

         就种在我的字里行间

好！

——金亭

● 好诗，开阔而富于想象，邹进之诗端正而浪漫，如邹进之人一般。

——学全

● 单纯的物质遗产和精神的延续无法相提并论。两相结合才是财富。邹进已经想到了这一层面：一旦灵魂去了另一个世界（宇宙），而曾经生活过的世界里依然要有自己的精神在延续，那该多美！

——老范

● 好诗，有霸气，邹进又回来了。

——魏海田

● 邹进的诗让我想起一件事。大约二十年前，我在吉大外文书库偶然发现一本书，是法国文学史家朗松的《法国文学史》（1894）。它静静地躺在一个角落，落满灰尘，似乎早已无人问津。我虽不懂法文，但却知道它在学术史上的地位。于是，不禁呆呆地想：是谁把这本书带到中国来的？它又是怎样流落到吉大的？因为我深知，每本书都有自己的生命和命运，只有遇到知音，一本书才不枉来世上走一遭。我希望邹进的诗集在一百年后的今天，也能遇见知音，哪怕是在异国他乡！

——杨冬

● 整首诗不错。流畅！一致。有热度，也抒情。但没有大前进，只是重复一些好意思。因为口气太大了。所以格外显得不好。两个重点问题没解决：一是对今天你怎么看？对诗你怎么写？都没有定位。凭什么一写就是好诗？！凭名字与自豪？不可能。二是对未来没有定位。未来的人文是什么？不知道。凭什么未来的人会喜欢？不可能。所以只能不断空洞地自豪。今天，是一个非常复杂的今天！未来，真的不可知！凭一点热情就断定这些重大内容是轻率的。好诗其实非常难啊！

——徐敬亚

● 老徐就是老徐，我都替你牛逼。说诗就得这么说，怎能一个好字了得！

——傻子

● 有味道。

——时光

《坐下来，听我给你讲死是何物》

●　　　　要会死，死也是作品
　　　　死不能难看

读邹进的诗，越来越感到是在与一个哲人对话。我不懂诗，但我知道诗是要给人一些启迪的，哪怕是一点点的暗示。

——老温

● 　　　死是一次远游
　　　　　在山水之间，天地之间，宇宙之间
　　　　　死是生的一个午睡
　　　　　长途中的一个小憩
　　　　　是动中的一个静
　　　　　舞蹈中的一个悬停

道出了富于哲理的人生真谛，读过此诗，也许就不再畏惧死亡。

——学全

● 　　　死就是万岁
　　　　　死是荒凉之地的一个小站
　　　　　死穿越着时空
　　　　　当我走下站台，或是古时的某日
　　　　　或是将来的一天

大哉诚哉。我们的邹进！

——金亭

《无题》

● 　　　天上飞满了闹钟
　　　　　是妈妈叫我们上学的声音

对亲人的深沉怀念，感人至深！

——金亭

● 邹进的诗有内涵，有思想，也有审美技巧，这是诗的精髓所在。

——老温

● 是怀念逝者的诗啊，令人产生无限的想象。

——学全

● 诗很短，受到的感动很长久。

——时光

《印章》

●
   白与黑

   方寸之间

   便是

   天地之间

诗人之眼看印章啊！

——金亭

● 富有哲理的启迪，穿越时空的联想，赞！

——学全

《远去》

● 独特而又共同的感受。莫名的欣喜、惆怅、无可奈何的化合物？

——金亭

● 富有哲学思考的一首诗。远去的都是历史，今天和明天，现在和未来都会成为历史，赞成诗中所体现出来的这一理念。

——学全

● 落得个白茫茫然大地真干净！

——老范

《除夕》

● 　　　肉已归宿

　　　　魂已飘散

　　　　佛对我说

　　　　出去走走看看

　　　　最好的风景

　　　　就是今夜

读到这，凄凉中有了超脱。这让我想起法顶禅师的一句话：活着就是幸福。

——老温

●在班博上读邹进好些诗，这一首很不错，是一首让人回味、让人联想的好诗。

——老范

●写肉写魂，写佛写人，豪饮的酒杯原来是街路两旁的灯盏，最美的生活原来就是眼前。赞赏诗所表现的热爱人生、享受今天的主题。

——学全

《到达南京的时刻》

●为什么车到南京就会心酸？因为那是故乡，因为那些岁月，也因为那些苍老的记忆。

——杨冬

●我去过两次南京，真的感觉辛酸！当年首都沦陷、同胞惨遭屠杀，是中华民族的耻辱和悲哀！

——学全

●邹进的诗让我想起一首唐诗。李频的《渡汉江》最后两句是："近乡情更怯，不敢问来人。"到南京就心酸，岂非"近乡情更怯"耶？

——杨冬

●对于火车站，我也有邹进般的困惑：大概在 20 年之前，每每进到火车站，腿肚子就发软，那是因为上山下乡时来去都得背着两、三只硕大无比的旅行袋挤火车所沉淀下来的恐惧！至于生离死别般的体验更是无数，如此，一颗心还会不酸吗？随着时间的流逝，心绪也渐渐老去了。

——老范

《何样面孔》

●唉，被你言中了，温老的头上被挖了一个洞。

——白光

《幸福已如潮水》

●喜欢邹进的诗，有的快乐是一种低级的反应，但不是所有的快乐都是这样。

——金亭

●幸福如果需要付出很多代价，那就太辛苦了。既然"快乐是一种低级反应"，那我不妨先从简单开始。

——老温

坠落在四月的黄昏

《飞—奔》

●邹进的诗，看的人多，评的少。对诗歌的敏感，正在渐渐远离我们。这是文学素逐渐稀少的表征。但理性渐渐更清晰了，所以，我看见邹进的诗是下面这样的——

　　　　飞出视线

　　　　剩下飘的感觉

　　　　穿过岁月

　　　　远方

　　　　翅膀

　　　　飞翔

　　　　骑上马

　　　　送一程吧

　　　　送上草莓　樱桃和果园

　　　　真实的事件

　　　　马从胸口奔出

　　　　奔向荒野

　　　　望不到头的远方

　　　　马蹄的飞奔

　　　　赶来送一程

　　　　送一程罢

　　　　送上羊群和草场

　　　　一只鹰和它的天空

　　　　　　　　——霍用灵

《有身份证的人》

●非常喜欢，这次穿越很神！语言清新幽默。

——白光

●我有同感。几次询问意思，反复而不得。

——muddlecat

●小霍说，邹进的诗读的人多，评的人少。对此，我私下和别人交流过，共同的感受是看不太懂，无法评论。不像他以往的诗，比如写"3万6千个石子"，写塞北大漠等诗作那么入心，那么感人。我知道诗是写给自己的，是心灵的产物，并不需要别人完全读懂。但邹进的最近一些诗作，确实让人十分费解。过于晦涩的作品必然缺少知音，这是文学的常识。

——老温

●匿名者的诗评一语中的，道破了某些诗作如同洗扑克牌般随意组合。如果这就可称为诗，那写诗实在太容易了。比如：

> 山顶长出一个秤砣
>
> 颜色像我的病历
>
> 洗脸，水被冻成冰凌
>
> 烈火从发梢燃起
>
> 死亡原来已钻进锁头

再比如：

> 时间偷走了爱情

舞台正彩排生命

伤口流出一把雨伞

强盗正准备睡觉

——还是匿名为好

● 读邹先生诗有感

把所有的汉字塞到搅拌机里

加上水、石子、水泥、渣草

搅拌

搅拌一天不够均匀

搅拌一月火候不到

搅拌一年　倒出来

再如盖楼砌砖般

一行行排列

此为诗

——还是匿名为好

- -

《几个场景》

● 孤寂中的回忆和联想，在幻觉飘升后遗落下深沉的无奈与思考。

——建国

《高铁5号车厢17F座》

● 好像看出老邹同学有外遇了。哈哈。

——同学不同

● 有才正常，没有能正常吗？

——同学不同

《车厢里的玫瑰》

● 拜读，一首写情感的好诗，有点抽象，耐品！

——学全

《战马》

● 正像每个人心里都有座断臂山。邹大诗人的诗大半都看不懂，这首却很舒服，大约也是刚看过老斯的战马，这部电影并没有想象的那样大气感人，远非斯的颠峰之作，但那匹漂亮的战马在战场上穿梭还是令人想往和感慨万分。邹诗人的这一首还有写火车感怀的那一首，有点像我熟悉的诗了，看着很亲切。虽然也不知道是否懂了。相信诗人本人也是随性而至。总之，这样的诗看着心里是温暖的。希望诗人多写一点这样的。

——王宛平

● 每个人都有自己的战争，都有自己的战马和敌人。如果战事结束，你能剩下什么？是爱情？是荣耀？还是一场空？这首诗真的不错，凄美之中带着思考与震撼。

——老温

————————————————————

《如是之楼》

● 读这首诗还蛮有兴味。记得数年前我读小妮的《十支水莲》，觉得很不错，介绍太太读。我问她："读懂了？"她摇头笑道："但我读得很美！"这种感觉也是赏析诗歌的一种意境。读邹进的这首诗，我就有这种意境：很美！

——老范

————————————————————

《一颗流浪精子在太空的漫游》

● 意淫，可以写得很美丽；忌讳的是将诗意降低至生理教科书水平。

——CC

《两头牵引之高铁列车(用此诗和吕贵品《人民》)》

●邹兄：想你！近期诗量大增，好！有的诗不错，有的诗难懂，不管怎样，坚持就好！放到班博也是一种责任！此诗细琢磨，挺有味道。你我相互鼓励，以这种方式表示存在，我觉得强于冷漠百倍。拥抱！

——贵品

《每天早上的国家大事》

●诗狗，下一首就咬《新闻联播》，写个系列。

——白光

●好文不厌数回读。这诗有力如新开之刃，是邹诗突变之作。今年气运似大不同，诗人敏感，文气自然显现出来。才四月，30 年前似有四月之诗，艾略特曾留言：四月是死亡的季节？那是《荒原》的第一句。

——霍用灵

●职业、头衔均不重要，重要的是，你得做好自己是一个够格的人；这本不成问题的问题，恰恰在当今成了问题；邹进，喜欢你的这首散文诗，更喜欢你是一个大写的人。

——老范

《四月，意味深长（坠落在四月之三）》

●不错！是近期的佳作。

——贵品

《诗人都出生在四月吗（坠落在四月之四）》

●早晚会把这一句偷着用了："坠落在四月的黄昏"。

——白光

●这首诗引我读完，四月的确是一个诗人的季节，还因为荒原。

——霍用灵

●多吗？我只知四月诗人有你我。

——贵品

●愚人的节日。

——白光

● 这条路终究没有尽头？还是无路可走？

贵品的疑问太具象了，邹进说的四月也许有春天的意思，春天是幻想的季节。动物也多在这时发春。

《黑白之说》

● 围棋的宇宙观与人类的生存观揉合起来写，新颖。

——老范

● 语句精警，读之有快感。

《四月倒数第三日（坠落在四月之七）》

● 这首为什么没有置顶？忘记了？置顶一下，让更多的人能读到。

《秦》

● 秦是男人的教科书！一语道破了男人在历史进程中的

推动力。但这种推力太血腥，太残酷，破坏力太大。如此不能不让人反思一下：我们这个星球如果今天仍是原始的母系社会将会怎样？

——老温

●邹进：我与贵品一样，建议你也开微博。你最近的诗我每首必读，因为不懂诗，不敢妄评。尤其喜欢这首《秦》。如果用长微博，在微博上同发，阅读的人会更多。

——木瓜

《雕花的马鞍》

●写得难得的恬淡，却十分有味。

——老范

《五月开花》

●三月风四起，五月花乱开。遥看红叶间，诗酒待君来。

——霍用灵

《砰的一声》

● 邹进写的是一种感觉。每个人也是会存在的一种感觉：平静时希望出现的惊涛骇浪；寂寞中等待暴发的山崩地裂。诗歌本身就是每个人心中的"哈姆雷特"，任凭自己的想象、发挥。所以，诗歌并非年轻人的专利。

——老范

《电影中的火车》

● 想起天下无贼、卡桑德拉大桥、铁道卫士、尼罗河惨案等基本以火车为故事环境的经典影片。

——学全

《从摔碎的杯子里》

●
　　　　　骑手不落马
　　　　　在马背上翻滚，酣睡
这是骑手，也是诗人。

——学全

●　　　　　摔碎的杯子

　　　　　　奔出蓝色之马

这是一幅具有时间、空间以及色彩、气势的画面，瞬息万变；

　　　　　　湿地上浸透墨汁

　　　　　　它们在那里咬文嚼字

又是一幅指点江山激扬文字的拟人写意的画面。读邹进这首诗，味道甘美：画面虽然瞬间即逝，但时时能够定格在脑海里，印象深刻挥之不去！

——老范

《今晚的风带我穿越》

●　　　　　这一天我看到那世界太不亲切

　　　　　　并且只有黑白两色

特殊情境、事件，给人以压抑与痛楚。

——学全

目 录
Contents

坠落在四月

摔碎的杯子

结绳记事

车厢里的玫瑰

坠落在四月的黄昏

坠落在四月

何样面孔

　　风言

风语

藏在词语后面的

那些面孔

那张面孔

我，如何藏得住

一个偌大的广场

让它无人知晓

让她们无人知晓

挖个洞

藏在里面

在身上挖个洞

把她们藏在里面

我收留的不是你

是我自己

我，很快就要去

那个无人所知的广场

没有喧哗

静如冰面

高高的纪念碑

听到男女之欢的赞歌

把你的诺言

写在我的胸口上

入木三分

温暖到死

只有我知道

只有天知道

凋谢了就不是花吗

还挂着泪珠儿

那些绳结都能自动打开

天上飘满了红丝带

把欲望藏起来

明年，长出一棵树

结满了心跳

让它

　　让她们不堪重负

今晚的风带我穿越

今晚的风

从七号码头吹来

汽笛遥远得

像是一九六十年代的声音

耐心的最后假期来临

外婆都在镇江等我

她坐在古旧的门口

终于坐成了一尊石像

夏天，汗流浃背

回家路上，看见所有的人都在洗澡

巷子里全是药水肥皂的味道

澡盆里的水哗哗响

透过门缝终于看到

汪圆姐姐的胴体

还有汪妈妈的呵斥

她的金鱼眼瞪得好圆

淹死的孩子停在厅堂

棺材上散发油漆味道

雪白面孔吸收众人目光

招魂幡铺张得像过节

这一天我才知道还有一个世界

好像不是很远

公园，学校，他的家，还有几个生日

都将装进一个木头箱子

这一天我看到那世界太不亲切

并且只有黑白两色

晚上我喝下一碗鸡汤

听着他妈经久不绝的哭声

阿姨告诉我这孩子就叫夭折

如果没有孩子就没这痛苦

　（她终身未嫁）

我们四个低头吃完一顿晚餐

　（还有我外公）

唉，如今他们早已不在人世

告别已经无数次

总也告别不掉心疼

粗糙的高楼掩埋了街巷

我看见的是一片灯光废墟

今晚的风带着我穿越

让我每一个毛孔都闪闪发光

五月开花

五月开花

苦闷要开了

苦闷的五月要开了

开的是什么花

眼泪滚回去

浇灌四合院里的石榴树

在五月

花都知道自己快完了

忠忠说，喝酒啊

把土地吸干

把蚯蚓都吸出泥土

吮着肮脏的指头

五月

藏着消息

藏着一个消息

藏在果实里

不说出来也要憋坏了

雄蕊不授精

哪里飘来的花粉

畸形儿

歪瓜裂枣

五月开花

苦闷也随之开

什么愿望没有

如何结下果实

今年的花算是白开了

五月是多余的日子

忠忠说

喝酒啊！

五月开花

那是非法聚集

层层叠叠，都站在枝头，

它们是要暴动吗

空气发出尖叫

风吹散

只能交头接耳

窃窃私语

五月的花

不透气，堵在马路上

静坐

打禅还是示威

都是一个样

不动声色

喝酒啊！

五月花开

五月的花最后都要

都要躲进黑夜，变成

变成黑色的花朵

跟黑夜融为一体

看不见，摸不到

它们才自由

坠落在四月

幸福已如潮水

从遥远的大海回到它的繁殖地

它在欢叫，如同它的本性

藏在谷维素里的那个精灵

一个忧心的动物，最早听到动静

闻到快乐的那种气息

在睡梦中渐渐苏醒

它的身体还在回忆那个梦魇

每一块骨头都撞击有声

在沉沦的途中

那根井绳突然停住

需要什么力量

才能浮起那个木桶？

镜子里的手

何以见得不能把它握紧

提起奄奄一息的呼唤

那声息如同弦上颤音

而现在是肃静

听来自冥想中的叮铃

那泉水又从你的眼中、我的眼中流出

漂洗每一道伤口、每一处疼痛

有种植物长在法兰西的乡间

你有时间叙述发生在那里的事情

今天终于发现自己伟大

代行主的意志，因而超越了我们

可以挥霍了，过去因为太省

以至于积攒得很多

幸福终于可视可见

这唯一没有涨价的物品

今天要用波尔多的红酒

濯洗你的双足

幸福已如潮水

涌入大街小巷，涌入我心

某种预感和黑夜被风吹散

但那些星宿我早已记住它的位置

坠落在四月

我怎能视而不见？

怎能忘记它们！

快乐是一种低级的反应

有朝一日疼痛还要降临

忧心的动物，趁早藏在我的体内

让我每夜聆听你的低鸣

坠落在四月的黄昏

一颗流浪精子在太空的漫游

流浪者
一颗漂亮的精子
闪着幽蓝之光

大如水母
通体透明
看似漫无目的

看似游荡
心中藏着
一个巨大的抱负

银河
有星无数
一呼一吸

无数的精子

在里面飞

啜饮夜的精华

都为捕捉一颗恒星

跟它怀胎生子

一个暗物质藏在深处

引诱它铤而走险

宇宙偌大

一颗精子在里面飞

要用多少年

（多少光年）

量出跟一颗卵子间的距离

溯游

用尽力气

用孤独的力量

组成一个词

一个是姓

一个是名

为了你

为了你
偷偷地攒着时间
像攒下零钱
在某一天用来换整

为了在某一天
把攒下的时间花掉
一掷千金
换作一次豪游
一路狂奔
一顿海鲜大餐

如今
不再期待
时间如苹果坠地

换整的钱腐烂
如落叶

以后
你就藏在日子里
变成了消息
和糖果

一百年后，读我的诗的那个人，你是谁啊

一百年后，读我的诗的那个人

你是谁啊

一百年后，我已变成一块冥想的石头

在公园的某个角落等你

石头上镌刻着我的诗句

那个停下脚步的人就是你

一百年后，我在图书馆的一个书架上等你

等你偶然的发现

你抱着这本发黄的诗集跑进阳光里

抖落一百年的尘土

对着惶恐的人群大声朗读

而我天上知

一百年后，书页已如落叶枯黄
我在云端的某个空间等你
几个关键词化作真身舍利
我的生命因而不朽
你既可与我约会，也会与我邂逅
天地之间充满了灵感

一百年后，我的诗已经醇厚
读邹进的诗如同饮美酒
一百年后，我的诗已是沉香
读他的诗将会满腹芬芳

翻开我如同翻开一个时代
因为我你对它充满好感
你院子里的爬满的紫藤
就种在我的字里行间

一百年后，世界会好吗
还是大同小异？
一百年后，人会变得善良吗
还是尚不如今？
我要出一本自选集
一百年后留给你

在通往心灵的途中
它还将是你的路引

一百年后，读我的诗的那个人
你是谁啊

一百年后，我的孩子的孩子们早已不知道我是谁
而你更像我的亲人
没有家谱让他们记得
那个叫邹进留下一本诗集的祖宗
我的诗集散发着浓重的仓味
你嗅到了我的气息
你听见我的呼喊和唏嘘
我看见你的眼里含着泪水

一百年后，你们要读邹进的诗
他的诗是永恒的诗
那时人们或许不用今天的语言
他的诗不需要翻译

一百年后，你们要读邹进的诗
他的诗是纯粹的诗
你看到那个写诗的人
心有多么怜悯

你们要读邹进的诗

他的诗是灿烂的诗

他的诗句如流星在夜空

或不时从你的心头划过

一百年后，我如芳香弥漫在空气里

我的感谢四季开放

一百年后，读我的诗的那个人

你是谁

坠落在四月的黄昏

坠落在四月

这原野

闯进一节读诗的车厢

油菜花团团围住

像一群记者前呼后拥

话筒举到嘴前

逼着你说，真香啊！

大地香腺

在隐秘之处分泌

沾花惹草

召来是残留春光

坠落在四月

火箭掉进大海

打开降落伞

天空中飘满了新娘

奔忙的季节

抓紧采买啊

叠一千封请柬

邀请一千零一个客人

交给邮递马车

不要等风华逝去

这原野

就是你的嫁衣裳

坠落的时候我一定在后悔（坠落在四月之二）

坠落的时候

我一定会后悔

想起亭亭玉立的手指

穿着糖果色的舞鞋

在脸上走来走去

坠落的时候

我一定会后悔

我的醇酒尚未酿成

在心里埋藏多年

没有达到足够的年份

坠落的时候

我想到我的醇酒

我一定会后悔

我的没有完成的书卷

坠
落
在
四
月

唯一的长诗尚未起步

她已渴求多年

坠落的时候

我想到了它的开头

我一定会后悔

承诺过的一件小事

做到它真的不难

为何我顾虑重重

坠落的时候

我想起了这件小事

坠落的时候

我还后悔什么？

马鞍闲置了多日

陈列着奔跑的影像

我听到它在荒寂中嘶鸣

在我坠落的时候

四月，意味深长（坠落在四月之三）

就坠落在这里
坠落在这个词上
一道闪电照亮的山谷
上面长出了青草

一只幼小的野兽
就躲在我的思想中
马趁着夜色
把草场吃个干净

四月有女人的味道
混合着腐土的腥气
坠落在有酒的那个村庄
有女人扶我回家

坠落在四月

黑夜中伸出的一只脚

踢中我的胸口

我大口地吐着魂魄

像天空吐着隐隐雷声

天上的星星

看到一颗就会看到许多

四月需要体会

它意味深长

坠落在四月的黄昏

诗人都出生在四月吗（坠落在四月之四）

诗人的生日都在四月吗

还是年轻母亲的约定

从四月的第一天

一起生下这群诗人

四月让我想起母亲

小时候我喜欢坐在她冰凉的腿上

四月是我的襁褓

我最终还要回到这里

一首长诗铺成的石子路

让四月充满灵感

从此我踏上爱情旅程

这条路终究没有尽头

坠落在四月

准备发生的事情

每一个都会如期而至

太多女人的味道

不能混杂在一起

坠落在四月的黄昏

树木都系上花裙

不知猫鼬藏在哪个洞穴

有一个日子藏在四月

四月，收拾残局（坠落在四月之五）

坠落之前
四月已经解体
闪光的时间碎片
仍在天空飞行

四月是女人的身体
落英缤纷
最后的几日挂在树枝上
无人认领

注定是个错误
四月要收拾残局
只要错到底
就会光彩夺目

四月最后几个日子（坠落在四月之六）

潜伏路边的书店
读者在接头
方块字铺满街道
满街是善本的气息

树上爬满一种颜色
绿已是大路货
主妇跟摊主交头接耳
问：带没带小道消息

监视器趴满横杆
吃着车牌上的数字
泥石流沿着高速路
涌向周边的村庄

漂流的瓶子

漂满了路面

每一个瓶子里都有

两个人的密谋

四月最后的几个日子

还没有坠落

越来越沉重

让天空弯曲

坠落在四月

四月倒数第三日（坠落在四月之七）

四月送走诸妮

一只老死的小狗

全家的女人都哭泣

在一棵树下把它安葬

生前倍受关怀

死后极尽哀荣

狗活不过我们

不能白头到老

等我活到一百岁

就要向九只狗的遗体告别

找九棵树挖九个洞

然后才轮到自己

我可不想这样

宁愿养一只乌龟为我送终

然后为我的儿子送终

我在床前托孤

他也在床前托孤

它就成了三朝元老

我的孙子或从龟背上

读出他爷爷的英雄传奇

然后准备大干一场

不成功便成仁

此生短暂

狗如此，我们也不过如此

四月最后的日子

每个人都脚步蹒跚

四月之后失去引力（坠落在四月之八）

四月过后还在坠落

地球失去引力

花岗石从地壳掉出来

露出牙齿

鱼坠落在桌上

眼睛掉在电视机的表面

绿叶落满树枝

果实掉进花蕊

河里没有水

因而掉在桥上

看一个女人如何老去

曾经打动世界

一头老象心灰意冷

选择离群索居

选战过后人心下坠

落满一地

每一颗坠落的星星

都包含一个理由

无需我去了解

无需向我解释

想坠落就坠落

很快就要轮到我

离日落还有多远

坠落中听到了叫声

一只狗的

眼睛发出的尖叫

有种表情始终不能让我清楚

是什么含义

最后就坠落在这表情里

人面桃花

坠落在四月

自由之门

一团暖光
盘坐在大理石灯台上

在黑色之畔

光穿过玻璃
如入无人之境
生死之人
皆从旋转门进出

发现自由之门
侍者缓缓开启

有一个边缘
晦暗不明

如同思想之于思想者

智慧之于花朵

明在暗中

生在死中

今日之于昨日

如婴儿之于母腹

啼血鸟的叫声

来自于饥饿

又回来了

在回来的路上

鹤发童颜

肩负睿智柴薪

坠落在四月

坐下来，听我给你讲死是何物

你们坐下来
听我给你讲死是何物
如同我们小时候在草地上乘凉
听大孩子讲一个侦探故事

黎明一次静悄悄的出发
傍晚湖边的一个停靠

当我告诉你死是何物
你不会觉得它面目可憎

像我小时从门缝里窥视姐姐的胴体
那撩动的洗澡水的响声
死是从长长的楼道里传来的
高跟鞋的声音，由远而近

坠落在四月的黄昏

一场盛宴或是午后的点心

亡者衔食而去

死是翻开的一张牌

是麻将桌上的一个停

死是歌唱

死是欢乐的聚会

死是野渡无人的船

独钓寒江的雪

死是一个影子

死亡将我和影子重合在一起

我告诉你死是何物

你还会以为死可憎吗

死是一个朋友

死是在街上认出的一个熟悉的面孔

似曾相识

却不记得何曾相见

坐下来，别出声

听我给你讲死是何物

死是一次漂流

从每一个人的心头游过

把一本读过的书

放回到河里

如果它值得一读

就会在下一站停留

死是一次远游

在山水之间，天地之间，宇宙之间

死是生的一个午睡

长途中的一个小憩

是动中的一个静

舞蹈中的一个悬停

死是一列正在进站的慢车

一个晚点的航班

再慢也要进站

再晚也会降落

我拿着鲜花在站台在候机楼等她出现

我要拥抱她在她脸上疯狂地亲吻

终于要死了

终于看到了死

像和一个中学同学的重逢

在三十年或是五十年后

死是一张化了妆的脸

总是在微笑

死是蔚蓝

是蓝色的经典

生不过是死的伴奏

死就是万岁

死在第九泳道

死也需要教练指导

要会死，死也是作品

死不能难看

死是荒凉之地的一个小站

死穿越着时空

当我走下站台，或是古时的某日

或是将来的一天

坠落在四月

短信

碾碎固体的字块

自由到胡言乱语

只要拇指摁一下

那些词就像马蜂一样飞出去

它们扑向另一端时

你想召回其中一个字

或在慢镜头中截获

一颗运动中的子弹

从视线中离开

还会到哪里去

风，终于撒开手

让它在夜色中游走

把时间写在旧报纸的空白上

就着台灯阅读

默哀，然后注视未来

所有字也都是会飞的

飞一奔

已经飞出视线

剩下飘的那种感觉

穿过清澈岁月

看着看不见的远方

看着看不见的翅膀

看着看不见的飞翔

骑上马儿送一程

送一程吧

送上草莓和铺满草莓的大棚

送上樱桃和栽满樱桃的果园

那是真实的事件

那匹马从胸口奔出

奔向荒芜的田野

望着望不到头的远方

望着望不断的马蹄

望着望不见的飞奔

赶来送一程

送一程罢

送上这群羊和它们的草场

送上一只鹰和它的天空

疯狂的人

疯狂到

不再被人引用

不再被颂扬

也不再被诋毁

如同一只蝉蛹

借着夜色

蜕变成一头大象

不再让人吃惊

所有人都变得

像恐龙

表情呆滞

被掐了尾巴般

反应迟钝

傲慢

桀骜不驯

惹是生非

不出多久

又有人开始赞美

被不停地转发

口传心记

甚或当作经典

因为疯狂到

以为可以改变世界

世界就真的被改变

以为美至高无上

就把世界变成了后宫

以美的名义

杀伐屠戮

消灭了对手

未经选举

一个人统治了所有人

是君权神授

还是一场百老汇的喜剧

剧终全体起立

坠落在四月

大幕重新开启

舞台空空如

不知他身在何处

摔碎的杯子

春天如此描述

举起手

撒落桃花

红色的马在

舞台中央

站

立

跟着手势

开始穿行

穿行现场

穿行河的两岸

左岸看雪

右岸观火

红色的袈裟

白色的

婚纱

火焰

在河上

蹄音

撒满水面

小马出生在

夜里

草长在母马的

胃里

过冬的秸秆

被铡刀吃尽

牙齿

嚼着时光

河在摇晃

母马开始奔跑

天长

地久

春夏秋冬

春天，买一件衣衫给你
穿上它，永远二十五岁
不为什么，只因你是一尊偶像
我用目光把你剪裁得当
只要一句话，便把整个夏天给你
秋天留下一半，也都给你
留下的那一半
是为了给你做一件新衣
冬天来临的时候，你楚楚动人
我的温暖，终将披在你身上

拔地鼠和我们的生活意见

等待它们的

只有一次错误

一次忘乎所以的寻欢作乐

细微的喘息也如同风暴

弱小的心跳也像波涛

以生命作为代价

再也回不到那个洞口

等候已经多时

伪装徒劳无益

就这样被锁定

在房间里，汽车里，大街上

在电脑上，短信上，邮件上

在 IP 上，QQ 上

在博客上，微博上，微信上

在百度上，谷歌上

一举一动，如同拔地鼠

如同那些拔地鼠一样可笑

它们喜欢高估自己

忘记监视器站在树枝上

无数双的眼睛

吊死鬼一样在电线杆上

每个人的肩膀上

都站着两只眼睛

你站在我的肩上

我就站在你的肩上

互相注视，然后进入对方

在所有情敌的、仇敌死敌的空间

留下恶毒的语言

在树林和人群里

埋下木偶，蛊惑人心

从摔碎的杯子里

摔碎的杯子
奔出蓝色之马

簌簌作响，马尾扫过树林
掉下一地鬃毛

湿地上浸透墨汁
它们在那里咬文嚼字

今夜，月光照亮草场
倾巢出动，从马厩，从透明的瓶子

骑手不落马
在马背上翻滚，酣睡

歌词大意是

我感到了你的眼泪
空气里有再见的气息
你特意穿着旗袍跟我分手
让我一直感动到内心

轻轻走过曾经的家
两旁的路灯寂静无声
阳光收起带花的裙边
今夜你将与谁共度

摔
碎
的
杯
子

海

抱着一根木头
在海上漂浮的
可怜的人啊

用一只手
把他带进一个漩涡
讳莫如深

吼叫
藏在身体的某处

睁大了眼睛
像鱼

蝴蝶兰

啊！你悬挂着天空而不是你悬挂在天空下

把天空弯曲成彩虹的是你蝴蝶兰

灿烂啊！浸透了阳光如火焰

芳香啊！芳香透自体内这才是你的诱惑啊蝴蝶兰

让女孩美丽梦幻长久不衰的是你蝴蝶兰

让她历经苦恋然后送她走上殿堂的是你蝴蝶兰

长在白色之上优雅无比的是你蝴蝶兰

打开五线谱看到你一朵朵绽放在琴键之上

第一百次相爱也如同初恋

吸干了疼痛枯萎的伤口如花蕊是你蝴蝶兰

没有知音郁郁寡欢向隅而泣

摇摇欲坠轻拢慢捻的是你蝴蝶兰

燕燕于飞差池其羽悲鸣低回

忧伤路上啊是你蝴蝶兰洒满花瓣

美丽啊！美丽如初没有修饰如习作是你蝴蝶兰

高贵啊！却是低眉虚心从不孤傲是你蝴蝶兰

用你编织的花环可以给诗人加冕

也可以让他的葬礼绚丽如盛典不也是你蝴蝶兰吗

飘飘欲仙坐在花茎上禅定了

意出尘外似梦非醒的就是你蝴蝶兰啊

互

天地之间

伸出的舌头

看似无形

带着粘液的

吻

时间之畔

有人散步

黑暗下面

被谁拉了一把

蝴蝶兰

在竖弯中开放

没有撇捺

回头看

没走出多远

被一个字所包容

白蚁的洞穴

弯弯曲曲的

我们

看门人的终极问题

看门人问我：

叫什么名字？

从哪里来？

到哪里去？

我面临一个终极问题

开始惴惴不安

看门人给我登记本和一支笔

要给我记录在案

我是谁？

一个人还是一只熊？

我来自何处？

来世界干什么？

被吸了胆汁还是吸了别人的胆汁？

我能不能不来？

但不能不走。

都不是自己说了算。

看门人催促

又有一个"我"等待登记

于是匆匆

在姓名处写下：

吴用

来自无是之处

找有一个部门

无是生非

两张木桌和一声叫喊

两张木桌

重叠在一起

两个影子

　　　　也

重合在一起

谁的嘴唇

　　　关紧

禁闭舌头的

地牢之门

紧咬的牙关

终于松口

吐出两张木桌

　　　和

　　　一声叫喊

从十年长廊

漂出

地铁隧道

　　　　洞壁之上

悬挂二十四格的

　　　　　　影像

并非活动的幻觉

已有一段时间

视网膜上滞留的

几乎相同的画面

两张漂浮的桌子

　　　　　　　上面

一个变成老叟

一个还是少女

如今漂进暗河

一帧帧

　　　连续的

　　　　　底片

黑白之说

黑说，要角
白说，要边
我说，要空

黑说，要地
白说，要势
我说，腹中空

角是边之尽
边是角之长
边角相应

地是势所倚
势是地所伏
地势为要

声东而击西

近交而远攻

看似无所用心

城池遍布

官道纵横

变换大王旗

纹枰而坐

拍子如山

子力即心力

争胜与求败

忘忧而清乐

目空一切

黑白似形影

死活若转圜

命中自有劫数

得失看取舍

出入视短长

奕如其人

时间

流星划过天空

能看清钟的表盘

指针重叠

时间被磨损得

只剩下一些模糊影像

在黑暗上戳一个眼

放进一根光线

"我"的可疑行踪

终于被发现

居然闪闪发光

黑暗下边是一匹马

一尊时间的雕像

伫立在岸边

而不再是那条河

遥远让它变得神秘

世界的一半

世界的一半是黑暗的

另一半阳光普照

一半的人幸福

在沙滩上喝着啤酒

让一半人去送死

给他们颁发勋章

他们用一半时间寻找敌人

跟他们作战

用一半时间制造敌人

让他们自相残杀

一半人说谎

一半人听信谎言

一半人骗人

一半人生来上当受骗

摔碎的杯子

一半人备尝艰辛所得有限

一半人抱守空想终其一生

世界的一半是牧场

一半永远是战场

一半的人参加战斗

只有一半的人存活

一半的男人在士兵墓地

未必都是英雄

一半人寿终正寝

用完每一分钟

一半人败退，暗自庆幸

一半人走向战场，视死如归

铁笼中的舌头

要飞了

铁笼中的舌头

像一只熬鹰

突然睁大了眼睛

要飞到外面说话

要飞到蓝天里唱它的歌

被钢铁的栅栏禁闭

在一个狭小的空间

四周都是铁刺

一说话，浑身是血

不敢说话

不能说话

最后不会说了

舌头，用来调音的
把喉头发出的声音
调成语言
调成歌声
如今变成了石头

舌头终于要飞了
要飞到天空中去
舌头有思想
味蕾充满了情感
去调天地间的声音
去调宇宙间的声音
调成自由的语言
和蓝色的歌

宁可带着血
也要飞出去
让那个铁笼空空荡荡
那里的铁刺被口水腐蚀
扶摇直上九万里
背负青天朝下看

或许你看不到它

那是大象无形

或许你听不到它

那是大音稀声

在天地间翻飞

像一只大鸟扇动翅膀

给我们带来福音

带来天使之声

雪花飞舞的时候

想到你的时候

雪花就满天飞舞

那是想到你的时候

不是雪花飞舞的时候

现在想到你

已不再有雪花

无论何时想到你

雪花也不见踪影

要到雪花飞舞的时候

才能够想起你

那是雪花飞舞的时候

不是想到你的时候

坠落在四月的黄昏

雪花早已绝迹

我已多久没有想到你

只能想象出雪花

想象它飞舞的样子

到雪花飞舞的时候

我不再会想到你

雪花照样还要飞舞

跟你已然没有联系

摔碎的杯子

寻找昌耀

那年十月，我在青海寻找昌耀

日月山上的经幡，说他是一个优秀的死者

还有许多优秀的死者

譬如我也将加入他们的队列

我曾经有机会和他会面

只不过那时我也心高气傲

如今若想见他

必要去那不可折返栖身之所！

如今血成黑色，沉入页岩

日薄西山，只能远看沙漠上滚动之高车

仰望山顶之上紫金冠光芒四射

听芦苇齐唱寻根者无词无调临渊惴惴之长歌

如今远行者已还乡

带回曾经罩在脸上的面具

今晚戴上它与神共舞

透过篝火晕眩观看今生来世

河水漫滩，冰川矗立，白雪盖山顶

冰河崩裂，沙石飞走，霹雳如惊魂

如今一本诗集成为祭坛

每一次阅读如同放上一块虔诚的石块

马奶，醇酒，柏枝在上面任意泼洒

钹鼓齐响，号管齐声，法铃齐鸣

如今飞翔更显苍远，背景赭红

鹰鹞悬停空中，如同大地背影

此刻不论僧俗尊卑，一律大襟铺地

也不论男女老幼，自将长跪不起

如今我看见干旱土地上流不起的眼泪

有一滴水都会变成血液

身体断裂之处，流出乳白浆汁

一如古树嘤嘤之哭泣

如今听到太阳召唤，峡谷铺上金箔

披风游侠穿堂而过，撒下满地蹄铁

脚印巨大，如黄沙漫过身体

然后远去，响声竟如脚踏空山

而我终将疲惫，马也不再前行

此时我看见昌耀正悠然翻阅一卷诗书

摔
碎
的
杯
子

印章

凹凸互现

阴阳源于太极

骤然天气下降

地气上升

混沌初开

翻云覆雨

水之南，山之北

日所不及之处，寒暖变化

水之北，山之南

生长收藏，终而复始

阴阳晋楚之间

弭兵中原

纵横七国路

刀光剑影

传国玺，承德运

三千年都是废立事

倒是今古文人墨客

闲来把玩

白与黑

方寸之间

便是天地

远去

都在远去

星光在远去

列车在远去

年老的树木

也在远去

孩子远去了

琴也远去了

远去在遗忘里

远去在记忆里

远去如气味

花香如

颗粒

悬浮在空中

随风散

坠落在四月的黄昏

表情远去
面色如土

厌恶远去
心如水

什么还在远去
还有什么远去

去年是远去的
昨天是远去的
刚才的话也远去了

接着
不久就将远去
明年正在远去
明日的话都远去了

天越来越高
地越来越深
人越来越小
相互间
都在远去

窗棂远去
房间越来越大

约翰·丹佛

今晚我听到他歌唱
乡村的路带我回家
他挎着一把老式的吉他
在天空划过一道弧线
那道弧线正好五十四岁
正好是我这个年龄

他的家在数不尽的乡村
在高高的落基山那边
阳光照在回家的路上
有心爱的人永远等他
那道优美的彩虹落处
就是他今生归宿

我早已被乡村遗弃
终日在城市，开车流浪

苍茫的北京天空

混合着粉尘和轰鸣

而今晚宁静的一刻

有一条路被他灵光照亮

我抓起笔如驾驶杆

在黑暗天空写下诗句

流星走过留下持久余迹

变作锚石系在天空一处

停泊处他的歌声又唱起

我的诗填作他的新词

摘苹果

哦，他们叫我摘苹果
我们白天摘夜里也摘
苹果在冰箱里都烂了
在窗台上烂了像柿子
苹果见了我都恶心
我们还是要摘啊摘
骑在马上摘苹果
打马的鞭子打下一串串

有一个电影叫摘苹果
都说苹果熟了就要摘
那里的人们吃不饱
他们只能摘苹果
白天摘黑夜也摘
苹果一个也不见少

可怜就像西西弗

摘下来又长上去

苹果摘也摘不完

摘下来又长上去

妈妈，我没有去

我们家的苹果都烂了

我没有去，妈妈

苹果园里有阴谋

光天化日他们要摘苹果

我无能为力啊妈妈

摘掉苹果树就轻松了

说了谎话心就舒服了

摘啊摘我们一起摘

我们还让孩子摘

十五的月亮现在十七圆

故事就要圆满了

他们又要摘草莓

大棚里的草莓大得像苹果

妈妈，我不能去

大棚里又有阴谋了

我身上什么都没有

他们还要叫我去

妈妈，我要借用你的手

不要让我掉进大棚里

苹果不是他们种

所以摘起来不心疼

老家的果树撅掉了根

他们的果子卖不掉

那里的苹果不用摘

风吹过后满地落

他们的果子猪都懒得吃

那里的果树啊连根砍

摘苹果我们白天摘夜里摘

拿回家里让它烂

夜里摘了白天摘

摘完了苹果好收工

苹果烂掉地才肥啊

把它忘掉才轻松

摘苹果夜里摘了白天摘

摘完了苹果明年它还要结

结绳记事

哀歌

天上星辰

行将坠落

希望都在最后破灭

每想到如此

不免惆怅

天地不老却是空旷

遥想同学岁月神采飞扬

如今化为心中忧伤

那些石子啊沉入河底

听不见哭泣

那些星星啊飘进夜空

看不到泪水

有一声叹息

我的希望

终将破灭

星星都在黑夜坠落

得知如此啊

不免沮丧

如同陨石落在心上

看到少年时代一片光芒

变成了一条乌云河

我的啊思念沉入水底

像那些石子

我的啊爱情飘进天空

像那些星星

不见了踪影

初二（5）班

想象四十年后

从不同的地方回来

从意想不到回来

从天而降

老师们一个个老态龙钟

一个个精神矍铄

有的驾鹤西去

在天上盘旋

漂亮女生风韵犹存

我曾经偷看过她

从侧面

从后面

用眼

用心

上课心不在焉

放学后尾随

不漂亮的也不能说丑

无关紧要

我确实已记不起

她们的名字

四十年

原地未动

没有走出多远

没想走多远

生活在一个村子里

半径一公里

只有我

背着自己的影子

衣锦还乡

不知道重要的是什么

什么有意义

什么有意思

有意义的没意思

有意思的没意义

没意义

也没意思

猜猜猜

猜他们的名字

猜她们的名字

我想不起来

有意义

还是有意思

猜猜猜

有意思

我仍要道路奔波

像一阵风来去

只把那个我

留在他们中间

除夕

啜饮那些灯盏

斯人已然酒酣

摆满大街两旁的酒杯

一盏一盏熄灭

敬亚说，肉对他说

多活了一年

小妮说，魂对她讲

少活了一年

听佛怎么说

佛说

佛说

佛说

法轮在手边

风水轮流转

不多不少

还是今年

人群皆已离去

路灯格外惨淡

杯盘狼藉烟花纸屑

在风中翻卷悠然

肉已归宿

魂已飘散

佛对我说

出去走走看看

最好的风景

就是今夜

从视网膜上消失后的影像

火车快进站的时候
开始删除手机上的照片
车窗也模仿
删除外面的风景

每一张照片
都发出一个低声的叫喊
呼救的声音
来自被刺痛的肉体

从视网膜上消失后
它们会藏在哪里
逝去的亲人的面容
为什么就不消失

原型留在心底

不必再留下痕迹

如同死也是删除

只用一个简单的动作

雕花的马鞍

雕花的马鞍啊

在楼群中飞翔

我的蓝色的牝马

见不到它的踪影

它的飞奔的蹄铁

变成旋转的轮毂

一块白色方巾

如今握在谁的手中

雕花的马鞍上

飘着一块白色的手巾

我的意念中的女人

见不到她的身影

她的疾驰的车轮

穿透了大街小巷

坠落在四月的黄昏

一串护符的风铃
拥挤在我的头顶

雕花的马鞍下
回响着忧伤的风铃
我的日夜里的思念
已经变成草原的歌声
长调过滤了岁月流沙
今后只与琴声相伴
黑色的日子终于过去
星星都已沉入天空

雕花的马鞍下
跑着蓝色的牝马
雕花的马鞍上
趴着泪水涟涟的女人
挥之不去的悔恨
无时不在我的前后
如同听到一串风铃
看到一块飘动的手巾

结绳记事

哪根木桩

记着另一个时间

白纸上

那些字的黑影

会

吼叫

了

撕碎那些誓言

记忆终究徒劳

结绳记事

隐藏在镜子里的

一千个故事

时间变得很短

空间挤得

很满

黑夜里那些黑影

上路了

黑夜里的

影子

它从哪条路上来

哦，它也要从哪条路上

折返

她已经回不来了

她已经回不来了
好在那里青山绿水

我生怕听到她的消息
希望她在蔚蓝中藏匿

还是那个院落，那个房间
雨后的路上都是泥

让我想象她的存在
想象那扇夏日之门

天上飞满了闹钟
是妈妈叫我们上学的声音

而我贴着你的耳朵说
再睡会儿，我们还没醒

9·11 十年祭

一个幻影

又一个幻影

从胸口呼啸而出

穿堂而过

X 射线从眼睛里射出

横扫欧洲

白色的鸽子

从协和广场起飞

在空中被劫持

全部投入战斗

债券满天飞

遍布美国的天空

布鲁塞尔撒下的传单

飘向中国

帝国都要瓦解

终究是拼图游戏

欧洲被甩卖

亚洲人争相食

丢掉希腊

大祭司重新点燃火把

回到帕提侬神庙

返回丛林

欧洲无人接听

埃菲尔铁塔

将变成一棵圣诞树

火树银花

远远望去

两个亮点忽明忽暗

世贸双子座

在烟头上燃烧

卡扎菲

死
算不上什么
本来就要死
都要死

血
绽放
让死看起来灿烂

死都死了
还不让人开心
让所有人开心的事
才是开心事
有情节
有伏笔

以前是章回体
现在是电视剧

被辱骂
是因为侮辱过人
被枪杀
是因为杀人

是以正义的名义
都是因为正义
才让一个人死
让一群人去死
死去吧

有人不死
喜欢看人死
喜欢看死人

好啊
血
喷出

从枪口喷出

的血

最好看

如同公牛口中喷出的血

让全场沸腾

血浸泡的子弹

像翡

翠

生和死

是一对

善与恶

也是一对

总之都是圆满

不欠了

身体撞向枪口

头颅撞向枪口

眼睛寻找枪口

然后撞向枪口

站立

倒下

曝尸肉铺

隐秘地埋葬

血挥发了

如朝霞

坟墓飘向天空

如气球

呵呵

联想到马赛克

一个方块

要表达的是什么

方块里还有无数个方块

无数张脸的表情

放大几倍

它开始模糊

放大几十倍

它变得虚拟

放大到无数倍

和天地融为一体

那么，在

大海上 沙漠上 河流上 山之上 云之上 风之上

蓝色之上 白色之上 黑之上

心之上 大脑上 思之上 想之上

画框上 琴键上 墙上 书页上

呼啸之上 吟之上

都藏着那些方块

缩小几倍

方格开始蠕动

缩小几十倍

听到呐喊之声

缩小无数倍后

宇宙凝结出思想

碎石瓦片

烧制的玻璃 琉璃 碳纤维

呈现出你 我

我 们

每天早上的国家大事

每天早上，在马桶上看完国家大事，糗事居多
不好在沙发里看，更不能在餐桌上看，怕倒了胃口
看完直接冲掉

一字一句看完，看得十分认真，像看守所里的囚犯
看完就撕开当手纸，小的擦一擦，大的擦三擦

习惯了听假话，抽假烟，喝假酒，没有地沟油饭也不香
领导都忙，百姓悠闲等拆迁，金二累死了，人民哭死了

存钱的越存越穷，借钱的越借越富
争当贫困县，书记披红，县长挂彩，全县人民夹道欢迎
中石化是亏损的，的哥赚钱还收燃油附加费
真他妈不管国家死活！

我还是听出里面的杂音，这是我乐趣所在

那些播音员评论员正儿八经，我怎么都能听出话里有话

七十三、八十二，阎王不请自己去，不是他们不怀好意

用眼神暗示我，就是我唯恐不乱，是个异己分子

是故昨晚派出所的同志来家里约谈

亲切地告诫我不要乱说

微博里的敏感词，早已拉起一道三八线

他们微笑着给我作了笔录，我在那里就有了案底

然而我分辨杂音里的信息，像恐怖时代偷听美国之音

来自外太空的微弱信号，让我确信听见了一个召唤

召我于信仰，我就确信了，召我于事业，于是我端正

我无需赦宥，更无需慈悯，但不能禁锢，更不能欺骗啊！

我起身走到镜前，把看到的污秽从眼睛里吐掉

再看自己像不像央视的王宁，这脸刚被那张报纸擦过

就是这张叫做人民的脸，像一片汪洋至善至深

梦见一个叫坝上的地方

发现这封信

在桌上尘封多日

邮戳层层叠叠

要一层层地揭开

好多个数字重叠在一起

隐约有坝上二字

一张手绘地图

标注一个叫坝上的地方

一个破旧院落

深红色铁皮大门

一道残垣和一个狗窝

影背后面一间土屋

跟一个叫莲子的人

去过坝上

回形的乡间路

让我迷失了方向

有好几个叫坝上的地方

不知道哪个坝上才能找到他们

捧着这封信坐下来哭泣

坐在地图上的那个院子里

我先要找到莲子

才能找到他们

妻子好像在我身旁出现

心里充满感激

剥落邮戳上的数字

阳光照进房舍

掸净灰土到窗前坐下

拆开浆糊封口

二十年前的阳光

今天照耀我

那些词

那些词

从书页中掉落

那些词被掰成字块

露出伤口

那些词是什么词

被人念过

不久前还在嘴里

温暖过

谁还记得

剧本里的台词

谁说出来都一样

谁说出来不一样

那些词

已如铁锈

乔布斯

今天早上

会有一亿人为他默哀

会有一千万人为他哭泣

会有一百位总统要参加他的葬礼

他是华盛顿、毛泽东之后

第三位伟大领袖

他是列宁之后

第二位伟大导师

他革命的名字叫

创新

记住你将死去

他的名言今天证明了他自己

在中国他就是烈士

他死前几乎拯救了美国

许多人知道他要死

许多人在等待他的死讯

让他的辉煌无以复加

让他的成就无人企及

前不见古人

后不见来者

乔布斯捡起了

牛顿的苹果

他记住了一个简单的道理

叫万有引力

于是他把他的苹果

变成了地球

地球上所有的人

都掉在了苹果上

他没给穷人捐过一分钱

一生中没有做过一件善事

他似乎不打算做圣贤

但他早已被奉若神明

今天只发生了一件事

乔布斯死了

2011 年世界只有一件事

乔布斯

结绳记事

记住，你总会死去

记住，你总会死去
但并非每天都是末日

望星空
依然星光灿烂

英雄只能仰望
而我们只能脚踏实地

一黑衫，一仔裤
瘦削清减，至极至美！

只要将目光转向他
就能获得一切

数字里的秘密

记下那些数字
记住那些晦涩的话
我失去了自由
我们的一切从此加密

为了记住那些数字
你要每天反复背诵
像背下一首古诗
或记诵一篇悼词

若是丢失这些数字
你我此生将不能相识
我们都已失掉自我
即使对面也形同陌路

这些数字都可信赖

是藏在心里的一群小鬼

将来它们会组成一些语句

让那些晦涩明白无误

我总要走出这个房间

永远释放这些数字

放进天空和江河

自会有人将它们收集

星空

昨夜

划一只孤舟进星空

未起波澜

星空通体透明

一只水母

巨大到没有意义

是让我们失去意义

有边界

还是无边界

这是个问题

与生死无关

流星一骑绝尘

藏身何处

时间之锤

敲打宇宙的壳

星星在沙漏里

颠来倒去

光速用来测量

远与近

宁愿小一点

好让我们获得意义

在一道门上

安装一个把手

像走进歌厅一样

星光闪耀

美女如云

搁浅

在星星的沙滩上

舟中之人

如梦方醒

秦

秦不是国
秦，是一驾战车
是一部机器
为战争而铸造

秦是戎人
华夏视其蛮夷
秦有狮子的梦想
早已觊觎中原
回溯几百年前
穆公时代
秦就打算把关中
像地图一样卷走

胡与秦
秦就是中国

秦之君

都做着大国梦

一代一代

开动战争机器

攻城掠地

杀人如麻

战争就是用武之地

秦所以人才汇聚

一边觥筹交错

一边旌旗遍布

合纵连横

文攻武略

秦是一部名人字典

是人名给历史作注的时代

秦字

是一头狮子的形状

择机而动

嗜血成性

秦君不当盟主

把大国之梦做到底

伏尸百里

血染河山

其兴也勃
秦构造了中国
其亡也忽
未改秦之框架

秦不是小说
秦，是一部史诗
是一篇宏大叙事
男人的教科书

永定河

只要我在

就有东西从身边不停地流走

只要我在

总有一条深沟不能填平

是什么东西在流逝

什么东西用来填塞沟渠

流走的未必都珍贵

留下的沙土填沟渠

永定河

早已不是河

永定河的水早已流尽

我们从来没有见过

可是还有东西从我的身体里往外流

直到我变成一具干枯的河床，多年以后

战马

山岗上谁的尸骨
马的？
我的？

肉体跟着冰雪融化
山头裸露
残留灰烬

一切结束之后
只剩下
一根缰绳
只剩下风的鞭子
抽着时间飞跑

我不想听那些鸟事
从战场飞回来的鸽子

说战争结束了
爱恨已如黑白分明
爱情结束后
生活开始

给我的马写封信
放进一个口哨
它会向我跑来

生来奔跑
奔跑是它的方式
躲过子弹和脏话
寻着目光和道路
穿透栅栏和时光
跑进想像之中
跑进一声呼唤

那句台词是
（我曾经深信不疑）
我十分恨你
但不会少爱你一分

那匹马已经濒死
它的瞳孔放大
如天空

坠落在四月的黄昏

纸鹤

折叠的纸鹤
自以为不会飞
墙上的影像
还能停留多久？

如今，枯枝发芽
窝巢长满青草
洞壁上沾满的蝙蝠
收回天空中的幻影

以为它会忧伤到死
以为桃花潭水深千尺
开车路过的
已是别人的风景

旁观者，望着天说

吉人自有天相

阳光对着桌子说

还是那么温暖

一千只纸鹤飘洒而来

为了赎回一个承诺

还会有一只纸鹤藏在书中

等待一声墙的呼唤

坠落在四月的黄昏

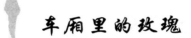车厢里的玫瑰

回家

她们结伴而行
在回家的路上
一群孩子，高矮不一
她们走在回家的路上

书包呢
书包丢在了路上
同学呢
同学都在哪里
我感觉她们要问
我们的家为何如此安静

妈妈
变得爱哭了
妈妈

现在爱生气

妈妈

是穿着旗袍的妈妈

妈妈

穿着紫红的高跟鞋

跟所有的孩子一样

她们都在长大

分不出男女

一群孩子，高矮不一

妈妈有个口袋

妈妈是只袋鼠

我们回家吧，妈妈说

这是你们的家

妈妈蹲在水边

看着水母朝她游来

分不清公母的

一群透明的水母

朝着微弱的光游动

张嘴呼吸

妈妈守在树下

在等蝉蛹爬出地面

看它们碰到阳光的那刻

伸出乳白的翅膀

在空气中慢慢变化

直到飞翔

如今妈妈在想象里

想象草原的冬天也开满鲜花

一群羔羊，大小不一

在她裙下窃窃私语

她发出的叹息

让何人心碎

回家的路上

她们结伴而行

一直走到梦的深处

妈 妈

车过徐州

破旧之车
每个关节都响
路漫长
睡在颠簸之上
几个磕瓜子的男人
让空气发出一声声尖叫
说一些琐碎事
谈的都是小买卖

逼死楚霸王的那个小子
也说一口皖北话？
曹操带着他的儿子
也在这条路上走过？

没有战争
这座城是空壳

要塞之地，通衢四省
却是边缘
麻将故里，澡堂遍布
人平庸

月明星稀之地
有丞相隐现
大风起处
沛公四下环顾
上马横槊
下马谈论
时光铸成长剑
酒色不误江山

车中皆已昏沉
唯我独醒
何日风云际会
竖子成名？

从高铁车厢看去

村庄在眼前一页页翻过
红砖黑瓦的房子像一群大鸟

砖瓦都是从窑里烧制
窑上黑烟连成烽火

据说有很多是黑砖窑
里面和着农工汗血

血汗凝结成块码在露天
等待送进炼尸炉里焚烧

我常常看着我家房子的墙壁
担心砖头里露出骨节

坠落在四月的黄昏

如果不用黄土烧成砖瓦
我们现在还在洞穴里居住

谁在榨取他们的血汗
他们都占着高铁的观光座位

一车人都在手机里做着买卖
自以为买卖都是等价交换

这场景早已熟视无睹
一群人泛红一群人发黑

倒空的酒瓶今夜飘流

天空如酒池
云中盛满原浆

浸泡过的人体
透明如水母
漂满夜空

调酒师
调出的日子
各有不同

今日昏昏
明日昭昭
倒空的酒瓶
今夜一起飘流

到达南京的时刻

到达南京的时刻

是一个心酸的时刻

列车无声地驶进月台

到达的是南京南站

时刻表上

有一个心酸的时刻

注明到站时间

到南京就会让人心酸

谁也不知道

为什么到南京就会心酸

可是到了南京

人就心酸

所有的事都像

是发生在南京的

每一桩事好像

都跟车站有关

因为听到火车

不像从前那样嘶鸣

看到在另一边的站台

还有一节绿皮车厢

火车都在左侧行驶

会车都从右侧来

想到一个人的时候

发觉习惯已久

南京的阳光很清澈

南京的冬天很温暖

南京人像北方人不拘小节

南京人讲话还是不好听

列车缓缓地驶入南京

驶进想象里的人群

南京是个大站

因为我家的缘故

我也不知道

为什么到了南京人就心酸

到达南京的时刻

总是一个心酸的时刻

电影中的火车

电影中的火车
是我想往之所
永远是从起点到终点
不变的场景
从开头到结尾
每一个故事都铿锵有声

两根强大的杠杆
撬动生命中
所有的追求和渴望
为了放慢脚步
而追求更高的速度

激情偶遇
也伴随终身的遗憾

一时优雅

注释与众不同

从车厢这头到那头

始终飘动一个倩影

始终萦绕我心

从少年到白头

始终等待一次邂逅

企盼一次奇遇

然后

就把她领回家

跟她结婚

情定一生

只要火车开动

一切就是宿命

铁皮包裹的血液

源源不断输向战场

进入一个角色

在剧情中被谋杀

被送进集中营

化为灰烬

我们悬浮在空中

车窗定格的影像

坠落在四月的黄昏

渴望走进车厢

对号入座

注意每个人的表情

用默契寻找角色

仿佛只有火车启动

生命之剧才将开始

我们一起

虚幻在真实中

高铁 5 号车厢 17F 座

中途，我旁边坐下一个女孩
她说你好，一股暖流通过
她翻开笔记本，记背英语单词
我还看那本诗集：《绿树和天空》

一张书签，夹在命运之中
目光在某一页长时间停留
晦涩的诗句好像有了意思
所谓那些意义，总是板着面孔

手机铃响。她开始商务谈判
（看上去，她更像一个大学女生）
谈的是西安的一处房产
跟诗，没有一点关联

坠落在四月的黄昏

进入隧道，我从玻璃上看她的脸

（她也从背后观察我）

我跟她，没有目光交集

相邻而坐，彼此感到惬意，（起码我是如此）

她的车留在北京，像马要吃夜草

明天开回西安，后天直飞丽江

虽然与我无关，她尽量低声

被动的信息还是充塞耳鼓

终于，我转头看她，尝试某种心情

她已合眼微睡，留海有如垂帘

此时，我的身体被虚空鼓满

窗外，被一只透明的热气球笼罩

车厢，漂浮在铁轨上，顺流而下

城市，都被码头栓在船柱上

最后一次停靠，她起身说再见

车门开启，树和天空迎面而来

车厢里的玫瑰

红色列车

红色列车进站

缓缓停靠记忆边缘

站台遥远

裸露的血管

成绿色

从心头驶出

碾过肋骨

脉搏，在轨枕上跳动

在这里那里

停歇

从这里开往那里

从华沙到南京

红色已逝，血渍黯然失色

坠落在四月的黄昏

面孔隐藏在
课本里

红色列车终究是
从起点驶往起点
从心头驶往心头
废弃在生锈的岔道上
或机库

不再启动
一节节
在胸中熔化
伴着
吼叫

几个场景

马的连续影像
在广场上反复出现
无边的空旷
让心荒寂

夜色上反白的字体
晦涩如同面孔
心落在雪上
雪无处可落

美丽一点点淹没
送别的场景挥之不去
祭奠那条河流
不再汪洋恣意

蝴蝶从黑色中挤出

替代一场春雪

山岗上坐着谁的魂灵

还在说我爱你

两头牵引之高铁列车

重新驶进疼痛

从充沛的身体穿过

高铁列车驶出站台

离开时刻忧心忡忡

刺透记忆荣耀

穿过时间痛苦

狷介风流一闪而过

儒雅高贵随风去

（火车为何是左行

因为火车来自英国

为何英国要左行

因为英国的马车左行）

刀剑溅满光辉

肉体还居然鲜活

留下巨大的洞缺

至今仍触目惊心

棺椁暴露土墓

编成和谐号一路飞行

冥器四下散落

谁在聆听伟人教诲

高铁列车两头牵引

今次前进还是倒行

白色车体将染成何色

一头是红一头是黑

（英国马车为何左行

骑马的战士从左路进攻

为何骑兵要从左攻

战士要保护自己的心）

车厢里的玫瑰

美丽固然留存

春天靠不住

过了五月就显妇人相

阳光也会老出皱纹

美丽固然留存，已是锈迹斑斑

想着拉你一把

到我这边

不忍看着你在这之前

便如此老去

想到你，想到美丽

心里时而伤感

而我，过了五十

感觉焕然一新

依然如一少年

在花的蓓蕾中午睡

做白日梦

嘴角淌着口水

婴儿在耳边嗡嗡叫

在花草中团团飞

因而想到你

想到一部字典

词语搭起的一座桥，向你靠近

伸向你，伸向美丽

要接你到这边来

充满暗语和隐喻的河岸

飘逸的手

哦，把它藏好
把她们藏好
在树洞里，在风里
在另一只手里
千手观音
真假难辨
一只鸟藏在一群鸟中间
是一群鸟
要挤满一只鸟的
所有空间

这种感觉，从何而来？

所以漂泊
那只手

谁发现了

一只手

在浔阳江头

在地铁车站

在奥维的麦田

在荒原

或在键盘上舞蹈

踮着脚尖的

练习者

抓取浪花的鸥鸟

摔碎那根骨头

那五根骨头

划过天空的手指

从身体穿过

如流星

遗落在冰冷的风里

飘逸的手

流浪者，穿街走巷

沿着男人的身体行走

五线谱

五根会唱歌的骨头

细长的风铃

子宫里的血

让它透明了

让她们透明了

伤口飞起来

在天空，留下五种颜色

领头雁

与它同飞同落

夜晚

栖息水边

这种感觉从何而来？

可以点亮的诗句

点亮夜空

飘逸的手

透明

　　如同

　　　　无物

车厢里的玫瑰

我猜出了

那朵玫瑰

一只手臂举起的

那些花瓣

栽在黑色上

开在黑暗上的

那朵

　　花吗

开放是它的逻辑

我能辨识出

隐形的香味

如体肤上细腻的分子

一个极小的洞穴

隐藏在宇宙之间

因为属于它

所以它自在

不知如何浇灌

用天上的雨雪

还是用

血水

因为

不知道它生长在

天空里还是

心上

车厢内二十五度

车外零度

它从哪个数字中长出

车内静止

时速三百公里

它种在哪个速度上

它在车厢的某处

而且我听到

在呼啸声中

开放

如是之楼

明日我要造作如是之楼

我的三重楼从二层盖起

缘何我的房子要从二层堆砌

是我的房子无需打基础

工匠问，何有不造下一屋而得上者

我说，在空中建个住所不拥挤

我早已心生渴仰

要在"空中结楼殿"

脚手架早已架设空中

斧凿之声日夜传来

谁能建造如是之楼

它并非出自工匠之手

云彩里的大厦即将出现

如同舞台上的凤冠霞帔

南来北往投宿之人

前来观瞻这奇特之屋

曾经栈道上车水马龙

都要从此门前经过

如是之楼并非臆想之作

要给诗人造一座空中楼阁

来者往者所谓投宿人

皆是古往今来文人骚客

如是之楼就从二层盖起

它是我栖身之所我的巴比伦

我已经是一个快乐的人

我要出一本自选集
然后把剩下的交给命运
剩下东西中有一样最珍贵
时间对我也是多余

最用心的工作即将结束
我的书卷就要完成
灵魂将从我身体挪走
附着到另一些人身上

生活继续，我仍将快乐
再没有要做的工作
忘记忧伤失意的滋味
我已经是一个快乐的人

每天捧着蓝色宝书
像是翻读别人的作品
许多错漏，也无需修改
如同命运已经铸成

我要出一本自选集
然后变成一具行尸走肉
我快乐地在江河里漂
在云上飞，在黑暗中藏匿

那本蓝色的宝书
把我变成活的标本
当谁捧读它的时候
都会感到灵魂附体

将我的诗集装满一船
送到大海中央沉没
再把我交给陌生的女人
让她饕餮我的幸福

洗刷成一匹黑马仅存

一颗心
随时冲上高地
已经在身体里埋伏太久
我要战斗
成为真正的人

终究只是一流
洗刷成一匹黑马
一道狂飙过后
山体留下印痕
太过虚幻让我惴惴不安
胜负法则
被简化为一掷硬币定生死
一次血脉喷张
叫百度百科牢记

战斗

必将成为生活中的一部分

风花雪月弃若敝屣

内心藏着海盗

劫持生命

血潮漫过身体

染红海岸

有人萎靡不振

仅仅是没有愿望

身上没有伤口

也不是胆怯

万物茂盛而此心已荒凉

落日和麦田

显示生命的意象

一次没有胜利的冲锋

也值得记忆

我的敌人永远比我强壮

那么一点

永远比我更接近目标

把胜利的旗帜

插在我的身体上

砰的一声

藏着一块礁石

之夜

藏着

一块礁石

等待那艘船从五月驶来

离开书本码头

等着砰的一声

粉身碎骨

我是希望听到砰的一声

听到希望破灭

像一盏灯砰的一声

黑夜降临

空中楼阁在空中解体

如天女散花

藏着一块礁石

之夜

藏着

一块礁石此刻

礁石藏在何处

船从何处驶来

驶过时并没有发生碰撞

只有翻书声音

像个思想者

像个精神病患者

落潮之后偷着露出水面

作一次深呼吸

把夜吸进去

吐出白昼

有霾的日子

昏暗的天空
像是女人松弛的屁股

渐渐地靠近夜色
裹上一条黑色浴巾

渐渐地裹进夜色
又唤醒诱惑

有身份证的人

我身份证上的名字是：

爱觉新罗 · 玄烨

性别—男 民族—汉

出生一九五八年四月一日

家住北京市朝阳区

光彩国际公寓

在中华人民共和国海关

没有通过安检

我换了一个证件

名字是：邹进

性别—男 民族—满

出生一六五四年五月四日

家在北京市东城区景山前街四号

紫禁城乾清宫

我就穿越了中华民国

飞回了清朝

回到马车时代

今晚，工作终于结束
劳累已使我闷闷不乐
明天，我就要慢下来
回到马车时代
从"不可过桥"上走过
言说古老话语

关闭一道门
把你们都关在门外
从此我独自一人
在黑暗中冥想
一件预感中的事
在灯罩下摇曳

车厢里的玫瑰

想象一只皮球

缓慢地滚进朱红的大门

而藏在乌云里的太阳

等待灵光乍现

今晚，橙子自杀了

因为不想再奔跑

等我把一切献给你们

金钱、房屋、书籍，还有心肝

献给你的未来我的过去

献给古时候的一个妃子

她坐在马车里面

到处寻找皇帝

然后漂洋过海

在世界的另一端

买下一片土地

用来耕种不曾收获的果实

撒下彩色的种子

放牧一群虚幻的羊

坠落在四月的黄昏

翔

一声惊呼

一片惊呼

倒在起跑线上

倒在终点线上

此刻，两条线重合在一起

光荣成为梦想

完美吗？

以失败告终

最后一次失败

最完美的结局

告别夏天

告别王子的时代

坐到看台上去

坐到你的座位上

不再摇摇欲坠

不再让人想象

望穿欲眼

千呼万唤始出来

亿万人的目光

挖掘一个人的坟墓

四年前奠基

八月竣工

把坟墓建到海上

建到漂浮的不列颠

你是始皇帝吗？

No!

你是末代皇帝吧？

Yes.

穿越了

他穿越了

在地铁车厢里

在电视屏幕前

带领我们穿越了

人性障碍

他，从一根栏架上起飞

我们只有一声惊呼

坠落在四月的黄昏